COLLECTION FOLIO

Louisiane C. Dor

Les méduses ont-elles sommeil ?

Gallimard

Cet ouvrage a précédemment paru
dans la collection « Nos vies »
aux Éditions Gallimard.

Louisiane C. Dor est née en 1992. Inspiré par ses années parisiennes, *Les méduses ont-elles sommeil ?* est son premier roman.

Mon destin ne pouvait pas être aussi simple que le leur. Aussi plat. Aussi *rien*. Je voulais devenir quelqu'un. Paris m'attendait, je le savais, que Paris m'attendait. J'ai alors quitté le gouffre dans lequel Dieu et ma mère m'avaient implantée, et ai fait de mon quotidien ce dont je n'avais jamais rêvé : un désastre.

PRÉFACE

Cela commence à sentir le souvenir empoussiéré, à ressembler au paysage qui s'éloigne à l'arrière de la voiture. Pourtant, aujourd'hui encore lorsque je repense à cette période – qui fut brève mais assez longue pour me marquer le front au fer rouge – un goût amer s'installe sur mon palais et puis mon cœur s'agace. Tout est allé si vite. C'est devenu un peu compliqué à retranscrire, parce que j'ai déjà rendu tous ces mauvais souvenirs, à l'horizontale sur un divan blanc. J'aurais pu passer ma vie entière à tenter d'oublier ces huit mois de vie branlante, qui m'ont paru des siècles. Les jours devenaient si courts et les nuits si longues; parfois j'avais à peine le temps d'entrevoir le soleil qu'il s'était déjà sauvé.

C'est le profil même d'un adolescent, de vouloir expérimenter ce qui n'a pas besoin d'être expérimenté. On nous dit cent fois que sauter sous un poids lourd, c'est mortel. Ça a beau être une évidence, on n'y croit pas parce que ce sont les parents qui l'ont dit. Nous avons besoin d'essayer par nous-mêmes, de faire une overdose pour nous dire que « oui, peut-être, nous aurions dû écouter Maman ». On meurt d'envie de savoir à quoi ressemble cette poudre blanche dont on nous parle à la télévision. Tout ce qui passe sur les écrans semble inaccessible. Alors quand s'expose devant nous ce produit que l'on n'a vu que dans des clips, films américains et reportages à frissons, on est impressionné. Du rêve. Des produits de consommation. La chose à faire n'est pas de nous en parler mal : mais de ne pas nous en parler *du tout*. Ne pas nous intriguer parce que nous sommes tous bien trop curieux, et que la curiosité peut réellement être un vilain défaut. On veut boire de l'alcool parce qu'on n'a pas le droit d'en boire. On veut sortir jusqu'à une heure parce qu'on a la permission de minuit. L'adolescent et le bon raisonnement sont deux aimants que l'on tente en vain de coller l'un contre l'autre. Cela ne fonctionne pas, c'est ainsi. Chers parents : faites-vous à l'idée.

1

Voilà. Laurine me tend une paille coupée en deux et sort *ce mot* sans même me regarder dans les yeux. Tout juste comme si elle me proposait une tasse de café.

— Essaye.

Je ne réponds pas et la dévisage en fronçant les sourcils, l'air de dire « Pour quoi faire ? »

— Essaye je te dis, tu vas voir, ça fait rien.

— Bah ! Si ça fait rien, à quoi ça sert que j'essaye ?

— Je préfère que tu essayes avec moi plutôt qu'avec n'importe qui.

Mes yeux lancent un dernier soupir.

— Toi d'abord.

À quelle table doit-on s'asseoir à dix-huit ans ? Grands enfants ou jeunes adultes ? C'était pourtant hier, le temps où mes vêtements avaient l'odeur de la paille dans laquelle je jouais à longueur de journée, parce que les produits Apple étaient encore trop gros pour être glissés dans nos poches. Le temps où le Lapin de Pâques était de mèche avec la Petite Souris. Le temps des châteaux de sable sur la plage du Lavandou. Le temps où «je comprendrai quand je serai plus grande». Le temps où je pleurais des larmes de rien sous prétexte que c'était l'heure du caprice. Le temps des tatouages malabars, des osselets, des cassettes audio rembobinées au crayon de papier, des feutres qui sentaient la fraise, des matins avachie devant les Minikeums avec mon bol de Weetos – qui soit dit en passant me permettaient au moins d'être en retard à l'école – des Kinder Surprise qui faisaient perdre une heure et la patience de mes parents, du premier Toy Story que je me repassais en boucle, le temps d'«Hélène et les garçons» qui m'a valu mon prénom, le temps de Shania Twain, de Manau qui viendra les gars, des après-midi pluvieux à jouer à Super Mario sur la première Nintendo, des bonshommes de neige avec leur nez comestible et de l'équitation les mercredis après-midi : le temps de mon enfance. Et puis est arrivé le jour où j'ai compris que le ciel – ou je ne sais trop quoi d'autre – offrait à chacun de nous approximativement quatre-vingt-cinq années de vie, et qu'il allait bien falloir les occuper d'une manière ou d'une autre. Ma vie à moi, d'un plat planche à pain, se laissait rythmer par l'interminable paresse du temps. Tel un vinyle rayé, tout se répétait sans cesse. Il y avait l'école, et la télévision. Qu'aurait-il pu m'arriver d'extraordinaire, alors que jamais on ne m'a posé la question « Qu'est-ce que tu veux faire plus tard ? ». Je n'étais qu'un meuble de plus dans cette maison barbante.

Je suis impressionnée devant cette ligne blanche que je ne connais que de nom et de réputation. Je sais que la cocaïne est une drogue, je sais qu'elle s'enfile par le nez, et je sais que son *i* prend un tréma parce que je l'ai déjà vu écrit sur des casquettes et des T-shirts. Accroupie sur le sol, j'attends hâtivement que les effets éclosent ; mais pas même l'ombre de l'un d'entre eux ne daigne se montrer. Je présage un monde dans le genre *Alice au pays des merveilles.* Les objets et les murs vont sûrement onduler, je vais voir des lapins blancs en retard, pouffer de rire à en réveiller les morts. Sauf que rien de tout ça n'arrive, et je commence sérieusement à me demander si ce truc blanc que je viens de sniffer ne serait pas plutôt une trace de Dafalgan. Laurine me l'avait pourtant dit, que ça ne faisait rien. Mais alors, quel intérêt ?

Je le lui fais à nouveau remarquer :

— Ça fait rien du tout, ta merde !

Soudain, c'est incroyable. Inouï. Faramineux.

Nous plongeons dans un discours si philosophique que j'ignorais jusque-là que j'avais finalement un morceau de neurone qui s'était caché dans un coin et attendait patiemment d'en être délogé. Nous débattons sur des questions existentielles jusqu'à trois heures du matin, sans pause, sans manger, sans boire. Deux moulins à paroles. Nous nous levons uniquement pour aller au petit coin et pour faire les cent pas. Tous les X temps, nous reprenons une lignée de poudre magique, sans trop savoir pourquoi – l'instinct –, et continuons à parler tant les sujets se bousculent dans nos têtes. Comme si la totalité des questions que jamais je n'avais posées, ni à quiconque ni à moi-même, ordonnait d'être posée en même temps. La cocaïne dépose sur mes gencives un adorable goût de lessive. Je savoure ma découverte. La blanche est ce piment qui manquait à ma vie. Ça y est : j'existe.

Je ne me suis jamais sentie aussi vivante. L'air parisien me pénètre. Il est bon et frais. Il sent l'avenir. Nous sommes à la mi-septembre, et les feuilles des tilleuls commencent tout juste à décorer le sol de leurs tapis orangés. Paris est grande et belle sur ses hauts talons. Les jeunes ont ces coupes qui décoiffent ; ils savent accorder les vêtements, les couleurs. Tout est déjà nettement différent.

J'atterris chez une cousine avec la conviction

que la capitale m'attendait. Paris est le rêve de tous ceux qui n'y habitent pas. Chez Laurine, il y a de grands fauteuils blancs, un lit à baldaquin que nous partageons et puis ce lustre noir que j'adore regarder. Je fais tache, parmi toutes ces jolies choses. J'ose à peine marcher sur la moquette de peur de la salir. L'appartement est si accueillant qu'on ne sera pas dérangées par l'idée d'y passer nos journées, sans fiche le nez dehors. Il y a ce cours de théâtre à Oberkampf, je dois me renseigner mais cela peut attendre. Je bassine Laurine avec mes envies de tout voir, de tout visiter. La tour Eiffel, Montmartre, Disneyland, le Louvre… Et puis finalement, selon elle, il y a bien mieux à faire.

— Y a rien d'autre que des touristes dans ces coins-là, et tu sais, la Joconde c'était ni plus ni moins qu'une prostituée…

Après avoir avalé un petit rire discret, elle ajoute :

— Ma pauvre petite Hélène. J'ai bien plus moderne pour toi !

2

Nous fêtons mon arrivée dans un bar branché, à Beaubourg. Il n'y a ici pas grand-chose qui reflète l'idée que je me faisais de Paris, sinon les lumières et la taille phénoménale de la ville. Mais ça me plaît. Même cette odeur dans le métro qui porte à réflexion me plaît. Je ne réalise pas où je suis. Puisque mes baskets se sont posées sur le sol de la capitale, j'ai déjà réussi ma vie, quoi que je fasse : j'habite à PARIS. Lors d'un voyage scolaire à Londres, il y a deux ans, les Londoniens eux-mêmes n'en revenaient pas que nous soyons français. Ils disaient « What a chic » et « I love Paris » et « La vie en wose ». C'est de là que m'est venue l'idée d'atterrir ici, pour faire de mon quotidien quelque chose qui ressemble à un tissu de velours.

La Mutinerie est un bar tout ce qu'il y a de moins glamour. Les barmaids sont à des millénaires de Kate Moss mais elles ont cette classe différente et mondaine que jamais je n'aurais trouvée à Trapellun. La place Georges-Pompidou est peuplée de jeunes, assis à même le sol. Ils jouent de la guitare, chantent, dansent, jonglent, boivent; et leurs rires de jeunes heureux résonnent dans tout Paris. Pendant que les lycéens de Trapellun comptent les heures sur la place du village, les Parisiens refont le monde et s'approprient les étoiles. Le bonheur est sacrément mal réparti. J'ai l'impression agréable d'être en vacances, comme ces étés dans le Sud quand on est gosse; là où tout est si joyeux, presque irréel. Il y a un million de boutiques – ou peut-être plus encore –, des boutiques à touristes que je voudrais toutes dévaliser. Des vitrines où sont exposés des vêtements de seconde main qui brillent comme des sous neufs. Je me plais déjà ici. Tout me plaît. Tout me ressemble. Je me demande si moi aussi je pourrais travailler dans le milieu du showbiz et par quel moyen. Est-ce que Laurine a déjà vu de grandes actrices faire leurs courses sur les Champs? Est-ce qu'elle en connaît personnellement? Assiste-t-elle à des défilés de mode et à des avant-premières? J'aimerais que le ciel se baisse pour déposer entre mes mains le succès sur un plateau d'argent. J'aimerais toucher de l'index la vie la plus pleine, la plus épanouie qui puisse exister sur la planète entière. L'avenir appartient à ceux qui en poussent les portes. Je veux donner du sens à mes jours. Je baignerai dans la lumière et la grandeur sera à ma taille.

Être vouvoyée par les adultes. Marcher sur des tapis rouges. Porter des boucles d'oreilles à vingt mille euros. Engager des domestiques. Dire « On fait un brunch avec Spielberg » et « Je tourne dans une heure », et « Pas tous à la fois ». Peut-être Laurine sera-t-elle pliée lorsque je lui exposerai mes projets. Mais j'ai confiance en le destin et la niaque a fait de moi l'une de ces personnes têtues, aux idées *fixes*.

La Mutinerie se remplit. La musique est différente. Pas de celles que l'on nous passe en boucle à la radio. Je discute un peu avec l'ennui, mais le lieu m'éblouit tant que je me sens comblée, quoi qu'il arrive. Je fume quelques cigarettes aux côtés d'une androgyne. Elle porte l'originalité avec un naturel ! C'est comme si tous ces gens avaient ça dans les veines. Bientôt, je serai à leur niveau. J'abandonnerai mes pantalons infantiles pour enfin être de celles que l'on pointe du doigt dans la rue, les yeux ronds, le cœur chaud.

Laurine est attachée de presse. Sa vie m'émerveille. J'ai dix-huit ans et elle trente-deux, ce qui ne nous empêche nullement d'être complices. Contrairement à moi, elle a quitté les bancs de l'école après la majorité – et bien entendu, n'a jamais redoublé. Elle me sort parfois des références du siècle dernier dont je n'ai jamais entendu parler. Par exemple, cette femme m'a appris que George Sand n'était pas un peintre – et n'était pas non plus un homme. Elle parle abondamment ; toujours quelque chose à raconter. Si sociable que je me demande si je réussirai un jour à enfin l'être, moi aussi ! Elle est *scintillante*, d'une énergie à en faire jalouser une pile. Et moi, qui suis si ridiculement oisive, je suis là, au bar, à siroter des sodas on the rocks. Je me tiens mal et fais bruisser mes restes de Coca avec ma paille. Il n'y a pas foule qui m'approche et c'est tant mieux, j'en perdrais tous mes moyens. Je renvoie l'image de la gamine farouche, j'ai horreur de ça. Laurine s'avance vers moi et glisse dans ma poche un pochon de cocaïne. « Tu en as bien besoin. »

La coke est conviviale. Tout le monde n'aime pas Coco mais Coco aime tout le monde. De jolies petites lignes défilent sur un plateau de verre. Le calumet de la paix. Lorsque personne n'a rien à dire, Coco ouvre la discussion. Tout est fascinant, jusqu'à la couleur des murs, la forme des meubles, les prénoms des uns et des autres. Nous faisons partie intégrale du monde dans lequel nous vivons. Je parle fort et j'articule. Ce que je suis en train de dire est passionnant et mes auditeurs ne font que le confirmer. « Freud a écrit ses théories les plus grandes sous cocaïne », me disent les autres. Soudain, nous pourrions tous devenir philosophes ou bien psycho-je-ne-sais-quoi, et pourquoi pas riches et célèbres puisque nous sommes des génies. Je me demande pourquoi le monde entier ne se résout pas à *taper.* Il tournerait plus rond si des cerveaux comme nous grouillaient dans les rues. Je réponds « Bien sûr, c'est évident », à tout ce que l'on me raconte. Ce n'est plus moi qui parle, nos neurones conversent entre eux.

3

Plantée devant moi l'air furieux, maman porte sur elle mon pyjama violet « Relationship with my bed ». Yeux dans les yeux, elle fait craquer ses phalanges. Je me baisse pour dessiner un 8 dans la neige. Quand je me relève, elle est assise en haut d'une fontaine en forme de bouc, d'où coule de l'eau rouge. Elle tape des pieds sur sa fontaine telle une gamine capricieuse, me répétant sans cesse « Ma fille, tu ne vas quand même pas devenir comme tous ces gens bizarres qu'on voit à la télé ? ».

Laurine me réveille.

Il y a tant de choses à découvrir à Paris dont je ne me serais jamais doutée. Bien que j'en aie eu une idée erronée – pailletée et touristique – la capitale réserve un tas de surprises merveilleuses. C'est encore plus excitant que je ne me l'imaginais. Les boîtes de nuit sont grandioses et où que j'aille, je me sens moi-même grandiose. Tout est grand. Tout est somptueux. Tout est si moderne et plein de style ! Nous sortons en boîte un jour sur cinq, puis un jour sur quatre… puis un jour sur deux. À la tombée de la nuit, la vie est une tout autre chose. Nous enfilons nos masques. Les maquillages, les sensations, les lumières, les sourires sont artificiels. On rit, on pleure, on danse jusqu'au bout de la nuit et jusqu'au bout des doigts. La musique est à portée de nos mains, comme solide. On se retrouve au fumoir ou aux toilettes pour discuter un peu dans ce semblant de silence qu'on avait presque oublié. Il gèle sur la terrasse et les manteaux sont aux vestiaires. Je fume une, deux, trois cigarettes en déballant joyeusement des conversations dépourvues d'intérêt. Demain, je ne me souviendrai de rien. Je me demanderai ce que diable j'ai bien pu fiche de ma soirée. Je reste cinq heures mais elles me paraissent cinq minutes. Depuis la cabine des toilettes, j'entends la musique en sourdine. Mon regard s'illumine lorsque cette ligne se dessine sur le siège. Ma timidité s'envole en un trait de cocaïne. J'aime courir plus vite que la musique, courir après les mots, courir après la vie. J'adore ça. Jamais je n'aurais pensé qu'il était aussi simple de devenir quelqu'un. Je suis belle et importante. Je bombe le torse, je regarde de haut. Je ne suis ni bad ni girl : *je suis*, et cela me suffit.

Je ne tente pas de me rappeler les odeurs d'autrefois. Mes narines se laissent bercer par cette acidité. Mon parfum, je le porte pour les autres. Je mets la dose : il faut qu'il tienne presque deux jours. La fumée de cigarette est un cocon auquel je m'habitue. Il en va de même pour cette odeur de renfermé qu'ont les boîtes de nuit, ces relents de vieille moquette parfois accompagnés par des vapeurs d'humidité. Ces gens chez qui je me retrouve après les soirées – Pierre, Paul, Jacques, si seulement je me souvenais de leurs noms – ont, eux, oublié depuis longtemps l'existence de leurs fenêtres. Rien de tout cela ne me dérange ; l'aventure, c'est l'aventure. Puis la cocaïne devient aussi banale qu'un café et ne me suffit plus. Elle n'a à présent ni goût ni fantaisie, mais elle me revigore. J'ai besoin de nouvelles sensations. Il me faut quelque chose de différent. Je sais que je peux mieux faire. Je rêve devant *les voyageurs*.

Mon soda on the rocks a un goût plus salé que d'habitude. Il neige dans ma boisson fétiche. D'un coup d'un seul, tout s'éclaircit. Le soleil est entré dans la pièce. Je prends une grande bouffée d'air et puis c'est comme si j'avais aspiré la musique. Elle entre à l'intérieur de moi tel un courant d'air musical. Je peux toucher le son et le caresser. Je suis allongée sur un nuage de coton plus doux que la matière la plus douce du monde, tout en étant debout. Mes mains font des arabesques, des mouvements des poignets et des doigts, les bras levés : c'est moi qui dirige ce merveilleux orchestre. La musique me fait l'amour, elle me pénètre par les tempes, la poitrine, le nez. Laurine s'approche de moi.

— Hélène ?

— Oh ! Comme t'es belle ! Je peux toucher tes cheveux ?

Laurine est si belle, si douce, elle est survolée par une auréole de parfum sucré que je mangerais si je le pouvais. Elle est aussi perchée que moi. Je le sens. Son approche est tactile et agréable. J'ai envie de la toucher, de l'embrasser. Je ne cesse de lui dire qu'elle est belle et la remercie d'exister. Je l'aime. Jamais je n'ai aimé de la sorte. Nous sommes la fusion elle-même. Ses cheveux, aussi blonds que les miens, sont doux et lisses comme je n'en ai jamais vu d'aussi doux et lisses. Je m'oublie dans le creux de ses fossettes, où je voudrais me glisser. Ses lèvres, rouges et pulpeuses, m'appellent. J'ai envie de coller mon visage contre le sien. Laurine m'approche, et, dans un élan de douceur, m'embrasse. Le temps d'un rien. Le temps d'une fabuleuse extase.

La MDMA devient mon amie. Je l'appellerai Marie. Les soirées à *La Machine du Moulin Rouge* sont des vivariums de papillons de nuit, dont les yeux ne sont plus que deux grosses planètes noires. Les voyageurs sont comme des flammes dansant avec le vent, transcendés par la musique qui se joint à eux pour ne plus faire qu'un. Le sous-sol de *La Machine* me paraît un gouffre psychédélique imaginé spécialement pour les clients poudrivores. C'est une sorte de cave aux escaliers de ferraille, comme ceux des entrepôts. Plus bas encore que là où nous marchons, un décor extraordinaire est visible d'un balcon : une forêt de psilocybes géants illuminée par des éclairages multicolores. Ce sous-sol est davantage réservé aux fourmis qui gigotent – autrement dit, les amateurs de coke – tandis que le rez-de-chaussée est un aquarium débordant de méduses, souples et vénéneuses. Nous n'en finissons plus de prendre des bains de poudre nocturnes.

*

Je somnole dans un taxi. Les lumières de Paris se glissent sous mes paupières. Les réverbères sont mes soleils à moi. Je me laisse bercer. Je ne sais pas si je dois écouter ma fatigue ou mon surplus d'énergie. La musique continue à jouer dans ma tête et mes mains à danser, discrètement. Laurine me parle de cette fille qu'elle a rencontrée ce soir, je l'écoute d'une oreille.

— Tu penses qu'elle va me rappeler ? Elle est superbe, je crois bien que c'est la femme de ma vie. Merde alors, comment est-ce qu'elle s'appelait ? Est-ce que je lui ai au moins donné mon numéro ?

Le chauffeur s'adresse à nous.

— Vous avez fait la fête ?

— On est sorties.

— Vous vous êtes bien amusées ?

Je réfléchis.

— Oui oui.

— C'est bien. Vous ne sentez même pas l'alcool. Vous êtes sages.

Nous ricanons sous nos écharpes.

À la fenêtre, quelques pseudo-fashionistas emmitouflées dans des contrefaçons Guess crapotent des Black Devil et boivent des Smirnoff Ice. Mais la mode est à la décadence. Au pâle. Au blanc poudre. Nous *sommes* le chic moderne et elles ne sont ni plus ni moins que des gosses attardées. Je suis heureuse de ne pas avoir eu besoin de grimper les cases de la marelle, une à une. Je suis déjà au ciel et les étoiles ne peuvent que me baisser leur chapeau.

*

Pas sommeil. Dans une boîte d'allumettes, je range mes ustensiles : pochons, pailles, feuilles slim, carte de fidélité Yves Rocher qui n'aura jamais d'autre utilité qu'*écraser* et *aligner*. Sur cette boîte, j'écris au stylo bleu, dans une écriture arrondie, presque scolaire : « Coco & Marie ».

C. Coco. Coraline. Caroline. M. Marie. Marie Do. Chacun les nomme comme il le souhaite. Un surnom. Un nom qui sonne Confiance et Mélodieux.

4

Les enfants de la nuit sont très souterrains. Il est bien plus excitant de jouer les fêtards six pieds sous terre : c'est une cachette, un cocon, un monde à part. La cité des âmes nocturnes, enfouie sous celle des gens normaux, qui à cette heure-ci dorment depuis bien longtemps. Les boîtes les plus underground sont les plus branchées. Caves à vin réaménagées ou anciens bars à putes, tout ce qui sent l'humidité et la poussière est d'actualité. La poussière est la sueur du temps. C'est à peu près ce que nous venons chercher dans ce genre de lieux : suer et perdre notre temps parce que nous n'arrivons pas à le dépenser autrement.

Je danse parce que c'est devenu un automatisme. Je voudrais nager sous l'eau – toujours – sans pour autant me noyer. Que personne ne me sorte la tête de l'eau. Tous ceux qui m'entourent ne sont que les enfants de Marie. Les membres de son corps. Il n'y a plus qu'elle et moi. Cette personne que j'étais avant n'existe plus. Et d'ailleurs je ne suis plus personne. Je me fiche d'être quelqu'un : tout ce que je veux, c'est danser.

Avant ma rencontre avec Marie, mes idéaux étaient bien pauvres. Et les idéaux de tous ceux qui ne connaissent pas Marie sont eux aussi bien pauvres. Je suis pleinement épanouie. Le monde entier devrait être épanoui comme je le suis !

Ces fonctionnaires ne font que marcher sur la tête alors que nous autres *savons* comment occuper nos journées. Nous connaissons la vie utile. Le développement de soi. La bonne vision du monde, c'est nous qui la détenons. À quoi bon jouer au Shadock, tourner en rond, s'abîmer pour payer la sécu ? À quoi bon passer des castings si je me sens déjà admirée ?

Regardez-moi. Regardez-moi parce que moi je ne le ferai pas. Je ne vois plus personne. Plus personne n'existe. Il n'y a que nous. Pourquoi donner de l'importance au reste ? Marie a ce parfum qui m'enivre et me suffit. Ce parfum qui compense les vivres encombrants que sont l'eau, la nourriture et surtout, mon pire ennemi : le sommeil. Demain, peut-être que j'irai dormir. Mais demain est un autre jour et, en attendant, je danse et j'ai les pupilles noires. Je crâne devant le silence qui ne m'ennuie même plus ; la musique est si présente dans ma tête que c'est à peine si j'ai besoin de l'écouter.

Chez Moune, il n'y a pas d'effets de lumières. La porte du coin cigarettes est ouverte en permanence, ce qui enfume tout le bar. Je ne vois pas grande différence entre la salle de danse et la salle de décomposition pulmonaire. C'est si petit que l'on s'en marche sur les pieds. Impossible de s'y perdre et pourtant, nous y arrivons tellement nos yeux sont en flou gaussien. Laurine et moi sommes installées sur une banquette et conversons avec quatre hipsters lookés comme Merlin l'enchanteur, qui se tripotent la barbe en hochant la tête pour se donner l'air intelligent. *Chez Moune*, la musique tape de mur en mur, ce qui crée une résonance désagréable et un son par-dessus lequel on ne peut pas communiquer. Les conversations ressemblent alors à quelque chose de ce genre :

— Qu'est-ce que tu dis ?

— Je disais que Proust était un gros misogyne !

— Qui ça qui s'est mise au jean ?

— Ouais, c'est clair ! Je suis complètement d'accord avec toi.

— Trop hype.

Je commande mon verre d'eau afin de dissoudre mon parachute. Le mot parachute est particulièrement mal choisi, car l'atterrissage se fait rarement en douceur. Le Club des Cinq est toujours attablé autour d'une bouteille de bordeaux. Mon trip monte lentement, mais sûrement. Et puis, sans que j'en sois étonnée puisque j'en ai déjà pris l'habitude, mon corps soudain explose, laissant échapper moult choses par tous mes orifices : des arcs-en-ciel, des pétales de fleurs, des colombes et quelques libellules – roses. Mes yeux demeurent plus noirs encore que ne l'est la pièce. Muse chante « I'm feeling good », ce qui me paraît être une berceuse. C'est la mélodie qui suit mes mouvements et non l'inverse. Elle semble avoir été créée pour moi. Je danse tel un flocon de neige : légère et poudreuse. Au bout d'un temps inconnu, voilà que le deejay change de registre et que je me retrouve écrasée entre les quatre murs de la pièce. La musique hurle à la mort. Les *autres* sont là, à me dévisager. J'aimerais qu'ils disparaissent. Tous autant qu'ils sont. Ils me piétinent. Je me bouche les oreilles. Je ferme les yeux. Mais je suis toujours là. Je suis là, seule, dans mon mauvais trip sombre et glacial et aucune de ces satanées personnes ne viendrait m'aider à me relever. Je prie pour disparaître. Le bruit m'insulte. Je suffoque. J'ai envie de crier à l'aide mais je ne m'entends pas même penser. « Tu vas voir, ça ne fait rien », dixit ces enfoirés. Je saigne du nez. J'imagine que je saigne aussi des oreilles. J'ouvre les yeux et regarde les monstres qui se trémoussent autour de moi. Je crie : « Maman ! » puis me recroqueville dans un coin de la salle. De rien, je sens des bras qui me soulèvent et un souffle dans mon cou. Un garçon, à peine plus âgé que moi, me porte jusqu'aux banquettes où il m'allonge, puis s'assoit à mes côtés, sur le sol. Ses yeux noisette tirant sur le jaune n'ont pas encore bruni. Il passe sa main dans mes cheveux, me fixe avec pitié.

— Calme-toi, dit-il en me caressant le crâne. Tout ça, c'est dans ta tête.

Mon regard s'assoit instantanément dans le sien et le sourire me regagne malgré mes démons. C'est ainsi qu'il met un pied dans ma vie. Imprévisiblement. Comme un voleur, une averse, un tonneau en bagnole. Il s'appelle Isaac.

Plus aucune soirée n'est envisageable sans lui. Isaac dit « Oui » à tout ce que je propose. Je me demande pourquoi cet être, de qui je suis presque inconnue, est aussi gentil avec moi. Il me regarde avec ces yeux qui à ceux des autres paraissent pourtant si banals ; alors que je *frémis* au moindre de ses coups d'œil. Alors que mon ventre se noue, à peine me touche-t-il la main. Tout juste l'ai-je quitté et voilà que j'attends déjà ses appels. Quiconque me téléphonera à sa place me décevra. Je l'aime. Nous sommes les seuls, les uniques au monde.

Je suis bien trop amoureuse pour réfléchir

à ce qui m'arrive. La réalité fait partie de mon passé. Je m'imagine que je vais fondre dans les bras de Marie et d'Isaac encore longtemps. Encore des siècles. Combien de temps dure la vie ? Combien de temps dure une journée ? Quel jour sommes-nous ? Quand est-ce que j'ai dormi pour la dernière fois ? Quand est-ce que j'ai mangé pour la dernière fois ?

*

Non que j'aie été une enfant martyre, plutôt de celles que l'on oublie dans un supermarché ou que l'on ne forçait pas à faire ses devoirs, parce que, littéralement, on s'en fichait. Jusqu'à ma rencontre avec la poudre, le monde et moi faisions deux. Je ne faisais partie de rien. Il y avait moi, puis il y avait les autres. Un millier de fois, je me suis demandé comment diable tous ces gosses arrivaient à s'entendre aussi bien entre eux. Les autres me regardaient comme si j'étais *autre chose.* Lorsqu'une poignée de main se tendait à moi, que je devais faire une bise, ou bien encore simplement saluer de la tête, l'air soudain devenait lourd. Comme si ce salut dépendait de mon avenir tout entier. Au fond de la classe, j'encaissais sans broncher sarbacanes, avions de papier et rires indélicats. Où que j'aille, je n'étais pas à ma place, et quoi que je dise, mes mots n'étaient pas les bons. Aujourd'hui, je suis bien entourée, dans un monde qui me plaît et dont je fais partie. J'ai passé des années à faire fonctionner le micro-ondes et à m'improviser des goûters. À tirer sur la jupe de ma mère. À faire le clown en espérant attirer l'attention. À me demander si les autres familles étaient comme la mienne : sans obligations et si *chacun pour soi*. Était-ce les autres les ovnis ? Il n'y a pas si longtemps, ma vie se résumait à regarder passer le temps, le blanc des murs, à ne pas comprendre pourquoi j'existais. Je ne sais pas à quelle fréquence j'aurais dû entendre « Je t'aime ». Mes parents me faisaient la grève de l'amour. J'étais le vilain petit canard de ma classe. Ça y est. Je suis le cygne qu'ils n'attendaient pas. Un jour, tous regretteront de m'avoir abandonnée sur le bord de la jetée. De m'avoir enterrée vivante. J'ai découvert le meilleur des mondes et personne n'y est convié. Que le ciel vous emporte là où bon lui semblera.

Aujourd'hui, je sais à quoi m'a servi tout ça. L'enfance, quelle qu'elle soit, nous guide toujours vers le droit chemin. Mes amis m'aiment et je les aime aussi. J'aime Marie et Marie m'aime. Marie est l'amour. Peut-être Isaac et moi avons-nous quelque chose en commun, outre Marie. Je n'en sais rien. Marie est notre unique personnalité et c'est elle qui nous relie et nous guide. Tous les enfants de Marie écoutent la même musique, tous regardent plus ou moins les mêmes films, tous pensent de la même manière. C'est la raison pour laquelle nous sommes tant liés, sans forcément nous entendre : nous nous comprenons alors que le monde extérieur est à des années-lumière de savoir ce qu'il se passe dans nos têtes. Nous sommes les immortels. Nous sommes les vrais vivants. Nous savons comprendre la musique et profiter de la vie. Nous sommes ingénieux, éveillés et surtout, nous ne sommes pas des drogués. Nous ne nous droguons pas. Le mot « drogue » est tout ce qu'il y a de plus grotesque. Nous ne sommes pas dépendants. Nous ne sommes pas des consommateurs. Nous prenons simplement de la MDMA plusieurs fois par semaine. Rien de plus.

Je suis bien plus développée qu'ils ne le croient. Je sais. Je sais tout ce qu'eux autres du monde normal ne savent pas. Mon esprit est ouvert. Ce sont les portes de la perception. Je détiens le savoir absolu depuis que je fréquente Marie – et ce, pas uniquement lorsque je suis avec elle. J'ai le contrôle total de mon cerveau et de mon esprit. C'est ma manière à moi d'être quelqu'un tout en n'étant plus personne. Les objets n'ont plus de nom. Le ciel n'a plus de couleur. La salubrité des lieux que je fréquente ne m'importe plus. Je suis là et je ne pense pas à être ailleurs. Les appartements dans lesquels je me rends de ce pas irréfléchi, je ne les visite pas ; je ne regarde pas le papier peint ni les bibelots sur les étagères. Je rentre, je m'assois, j'attends que l'on me propose *quelque chose.* On parle en musique, on débat, ou bien on ne dit rien et on danse chacun dans notre coin. Nos conversations n'ont de sens que pour nous-mêmes. Nous sommes les philosophes de *La Machine du Moulin Rouge.*

Le savoir se matérialise. Chacun cherche à exprimer son point de vue. Je suis de ceux qui ont toujours raison.

— À votre avis, à quoi est-ce qu'il ressemble, notre clone ?

— Notre clone ?

— Eh ben, ouais, notre clone, quoi. Notre clone intergalactique. T'es con ou bien ?

— Ah, notre clone ! Personnellement, je pense qu'il est vaguement similaire à nous, et à la fois, exactement similaire.

— Les gars. Laissez-moi vous expliquer quelque chose : si c'est notre clone, il est forcément exactement similaire à nous. Sinon… ce n'est pas un clone !

— De quel clone vous parlez ?

— Du clone spatio-temporel. Celui qui est avec nous tout le temps, mais dans l'autre sphère.

— Oui mais *lequel*? On en a forcément deux, sinon, ça ne rime à rien.

Les conversations dénuées de sens me sidéreront un jour. Pour le moment, elles me passionnent.

Je suis chic. Je suis un As. Un grand cru. Je suis tout ce qu'il y a de plus moderne : je fais la bringue, me défonce, me fais désirer. Je n'ai pas besoin d'argent à la tonne et de toutes ces conneries. Je me sens quelqu'un et ne ressemble en rien à cette gamine sympa qui exhale la confiance. Mes collants sont filés, mes yeux toujours plus noirs. Mes joues bouffies s'allègent et les os de ma poitrine voient le jour. C'est le régime moderne. C'est le régime sans faim. Les *bad trips* font partie de nous. Sur le moment ils sont affreux, mais il faut dire ce qui est : ils nous excitent.

Sur qui doit-on remettre la faute ? Auprès de qui devrais-je me plaindre aujourd'hui d'avoir fait partie de cet effet de mode ? Pourquoi veulent-*ils* absolument nous faire copier n'importe quoi ?

POURQUOI VOULEZ-VOUS ABSOLUMENT NOUS FAIRE COPIER N'IMPORTE QUOI ?

J'ai connu mille et un jeunes de mon âge. À Trapellun, il y en avait de tout genre. Il y avait les jeunes qui écoutaient No Doubt, les jeunes qui écoutaient Chopin, ceux qui écoutaient Marley et ceux qui préféraient le jazz. Certains s'habillaient à la mode – bien que leur mode, et donc la mienne, fût constamment en retard –, certains s'habillaient plus classique, d'autres plus confortable. Ils avaient tous une personnalité distincte. À mes yeux, une personnalité de moutons. Les méduses n'ont pas tout ça. Les méduses sont toutes les mêmes, à quelques détails près : la chemise, la direction de la mèche de cheveux, la boucle de la ceinture.

Je gravis les échelons de la dope vitesse grand V. Mes nuits se cristallisent. Ma sérotonine disparaît puisque je ne lui laisse pas le temps de revenir. Mon visage ternit. Je suis grise d'artifices et mon teint l'est aussi. Mes yeux se sont éteints. Je ne sais pas qui je suis. Je ne sais pas qui j'aurais dû être. Je sais que je m'appelle Hélène et que je chausse du trente-huit. Je ne sais pas dans combien de temps est mon anniversaire. J'ai menti cent fois sur mon âge.

5

Nous sommes un soir de Wet For Me à *La Machine du Moulin Rouge* et je ne me sens pas à ma place. Non pas que je sois mal à l'aise dans cette bassine de lesbiennes, dans laquelle je suis très certainement la seule hétéro – comme un maïs dans un bol de riz –, mais simplement que ces femmes ne sont pas celles avec qui j'ai envie de partager ma nuit. J'ai le cœur ailleurs.

— Laurine, je vais chez Isaac.

— C'est ça, va voir ton homme, ce n'est pas ici que tu vas le trouver !

Je porte un body noir échancré sous mon manteau en peau de Quedal. Mon short trop court tient grâce à une ceinture sans laquelle je l'aurais sûrement déjà perdu. Blanche-Neige fait oublier la faim, et tant mieux. Il n'y a rien de plus tendance que le décharnement.

Trois heures AM. Les vendeurs de coke abordent leurs clients potentiels autour du métro Blanche. J'emprunte un Noctambus en direction de Gentilly.

Isaac a rendu le monde à la portée de mes mains ; me décroche la lune pour la suspendre au-dessus de son lit. Tout devient soudain possible. Je crois tant à la vie que je pourrais presque marcher sur l'eau. Nous nous rapprochons en un temps infime. C'est une évidence, nous allons durer des siècles. Le mois qui suit notre rencontre, Isaac et moi prenons rendez-vous chez un tatoueur pour valider notre amour d'un coup de tampon. Tous deux avons désormais la même phrase tatouée sur le dos de la main gauche : *Le parfum de l'amour est une odeur qui ne se décolle pas des mains en un claquement de doigts.* J'aime sa façon d'écrire des mots doux dans mon dos que je ne lirai jamais, sa façon de me regarder dans le fin fond des yeux comme s'il s'était perdu dedans, de respirer mon cou à plein nez puisque je suis son oxygène.

Il est bientôt cinq heures. Je ne m'en serais jamais doutée.

Pas besoin de me dire que faire l'amour avec Marie est un miracle, cela va de soi. Isaac est de la partie, il a déjà fait ça des milliers de fois – du moins, c'est ce que j'imagine. Je sais d'avance comment les choses vont se dérouler : Marie rendra nos corps vaporeux afin qu'ils se transpercent l'un l'autre. Elle implantera en nous ce désir que le monde cherche mais que personne ne trouve. Elle gommera toutes nos pensées et nous transformera – comme nous le sommes déjà un peu – en deux enfants du ciel dans un bain d'amour. La pleine lune se lève dans les yeux jaunes d'Isaac, où apparaît une éclipse. Nous rions de la taille de nos pupilles et concourons leurs grandeurs. Son visage d'enfant, bien que marqué par les traits du junkie, est serein. Sa bouche est un ruisseau d'eau pure. Sa langue est adorable. Je colle ma peau à la sienne, comme un besoin. Je me sens si bien que je ne le supporte pas. Chaque caresse m'est indispensable. J'aimerais pouvoir le caresser plus fort, plus délicieusement, mais il n'existe pas de caresse plus intense et cela me rend malade. Je voudrais qu'il soit plus doux, encore plus doux. Ne comprend-il donc pas qu'un million de baisers ne sont pas suffisants ?

« Eh bah voyons. Deux enfants du ciel dans un bain d'amour ! » c'est la première réflexion que je me fais lorsque Isaac commence à entrer sauvagement en moi telle une brute. Il me fait mal. Il *est* le mal. Je voudrais disparaître, ou bien le tuer pour qu'il cesse de me traiter ainsi. J'étouffe. Je lis dans ses yeux le diable qui se moque. Il me sourit comme un affreux salaud. Je le déteste. Toutes les injures du monde ne lui suffiraient pas. Je suis enfermée dans une petite boîte sombre qui se rétracte. Je me débats, un peu, beaucoup, et sur mes gémissements alarmants, enfin, il s'arrête.

6

Je me nourris à coups de Kinder et de chips. Les distributeurs à casse-croûte du métro sont mes meilleurs amis. Parfois, lorsque ma carte bancaire ne passe plus, je trouve miraculeusement une pièce de deux euros dans une doublure de poche ou bien sous les coussins d'un canapé. J'adore trouver des pièces de deux euros. Je souris naïvement en me demandant ce que je vais pouvoir m'offrir avec.

J'ai dix-huit ans pour toujours. Le futur ne me réserve pas d'avenir. Je connais déjà tout et les adultes ne peuvent rien y comprendre. Les adultes n'ont jamais eu dix-huit ans. Plus ils m'indiqueront une direction et plus j'emprunterai son contraire. Les adultes ne savent pas ce qui est bon pour nous. Ils souhaitent que nous soyons « normaux » et, pour ainsi dire, sans personnalité. Ils veulent faire de nous ce que eux n'ont pas réussi à devenir. Un adulte ne comprend pas l'amour entre adolescents. Le vrai. L'unique. Un adulte ne comprendrait jamais qui est Marie. Il ne croirait pas en elle. Un parent parle de *drogue* et de *taux de mortalité.* Il ne sait pas. Il ne sait rien. Il ne connaît pas le bien-être. La liberté. La vie sans lendemain et les réflexions poussées. Un parent est un mouton, il ne peut pas agir contre nous. Papa disait que le quotidien d'un adolescent n'avait rien que l'on puisse plaindre, que c'était après que cela se compliquait. Je ne suis pas d'accord. La majorité est la case départ de la vie.

Je me reflète dans les jeunes de mon âge. C'est l'amitié effet miroir. On dit que je me cherche : je sais que je me suis déjà trouvée. Je veux aimer et être aimée. Je veux tout connaître mais je ne veux rien apprendre. Je suis majeure. Je peux enfin façonner ma vie moi-même.

J'ai dix-huit ans.

J'ai attendu impatiemment *ma* majorité en écoutant voler les mouches et en comptant les pieds de chaise de ma classe. Je gribouillais, rêvais devant la fenêtre qui me séparait de ce ciel si bleu. Inutile de noter mes devoirs puisque je ne les faisais pas. Mon existence était aussi brouillon que mes cahiers. J'avais la vie la plus ennuyeuse, la plus molle, la plus hors d'intérêt de tout ce maudit village. Un jour je reviendrai rayonnante, et enfin pourra-t-on être fier de moi, et jaloux et envieux et tout ça. Qu'ils en bavent comme j'ai pu en baver ! À ce moment-là, mes anciens camarades de classe, qui eux auront si mal vieilli, m'admireront et regretteront de ne pas m'avoir choyée quelques années plus tôt ; quand on me traversait presque, tellement j'étais transparente. Ils sont si creux, tous autant qu'ils sont. J'avais hâte que cette vie prenne une tournure tout autre et que le sens et la raison s'y mêlent. À Trapellun, tout est maussade, l'air n'a pas d'odeur, le paysage aucune fantaisie. Je rêvais de voir la lumière de la tour Eiffel pénétrer dans ma chambre pour me bercer le soir. Je rêvais de passer mes réveillons à faire autre chose que manger du foie gras et boire du champagne sans bulles, entourée de ces adultes assommants qui disent « Vous avez entendu dire ? Oh oui, c'est scandaleux ! Moi, si j'étais maire… » Bon sang !

La vie, désormais, a plus de couleurs. Elle est plus amusante, plus excitante.

Au fond de mon sac à main, des mégots de cigarettes, des pailles, des feuilles slim, des allumettes, des paquets de chewing-gum, quelques pièces jaunes, des cartes de taxis et surtout, des tickets d'entrée. Des tonnes et des tonnes de tickets d'entrée.

Je me rends compte que certains d'entre nous vivent aussi un peu de jour. Ils font des brunchs à *La Féline*, des vernissages de-ci de-là, quelques expos. Oh, il y en a bien quelques-uns qui travaillent, mais ce sont des boulots si piteux que je préfère ne rien faire, pour sauver mon ego.

Mes vêtements s'empilent dans la panière à linge. Il a fallu que je n'aie plus le moindre dessous à me mettre pour que j'arrive enfin à m'y résoudre : je dois absolument organiser mes fichues affaires. Parmi celles-ci, des guenilles tout ce qu'il y a de plus actuel. Je m'habille dans des friperies et cette mode du souillon m'arrange bien, je fais des économies.

Je me prépare pendant des heures pour les soirées. C'est moi qui serai la plus belle. C'est moi qui aurai le rouge à lèvres le plus rouge et le look le plus soigné. Dans trois heures, c'est aussi moi qui aurai les yeux les plus angoissants et la peau la plus moite. Mais à ce moment-là, je ne me regarderai plus dans le miroir. La beauté sera dans ma tête et l'horreur ne se lira que sur mon visage. Mes cheveux seront sens dessus dessous ; mes cernes et mes pupilles seront charbon. Mon rouge à lèvres se sera éparpillé tout autour de ma bouche à cause des grincements de dents et des mordillements de lèvres que provoque la MDMA.

J'ai la peau qui brille de mille feux sous les boules à facettes.

Qu'importe. Je suis sexy, grandiose et accessible. Regardez-moi, petite nature à peine majeure qui exhibe son corps sur les podiums des boîtes de nuit. Regardez-moi. J'ai dix-huit ans.

*

Nous sommes une petite quinzaine dans l'antre d'Isaac. Nous avons poussé le canapé et rabattu contre le mur le matelas sans sommier qui lui sert habituellement de lit. Le 31 décembre n'est qu'un prétexte pour faire la bringue. Ce soir ne sera qu'à peine différent des autres soirs.

Frank nous explique le jeu du placebo. On lance le dé. Selon le chiffre obtenu, nous avalons tant ou tant de gélules de Dafalgan. Certaines d'entre elles sont vides, d'autres fourrées à la MDMA. Je tire le dé : deux. Laurine le tire : un. Isaac le tire : six.

Je fredonne des airs qui n'ont rien à voir avec la musique qui passe. Nous sommes une dizaine à nous balancer sur *The XX*, transportés, bercés par des notes de musique que nous ne connaissions pas encore. Cotonneux, et luisants, majestueux, nonchalants, d'inoffensives méduses. Nous sommes la légèreté. Nous sommes de tendres particules de douceur. Nous sommes la jeunesse d'aujourd'hui et de demain. Laurine me caresse le cou. La musique embrasse mes oreilles. Si mon corps reste placide, *moi*, je danse dans ma tête à n'en plus finir. Frank et Isaac se serrent l'un contre l'autre ; ils s'attachent, se détachent, leur aura s'emboîte. Je ne suis pas jalouse : ils s'aiment d'une amitié profonde et d'un amour immatériel. La musique s'arrête mais nous continuons à danser. Isaac n'a jamais été aussi beau. Son amour me transperce. Je me sens comblée. Il m'attire. Il est moite. De plus en plus moite. De rien, ce fragment de soie devient solide : Isaac se raidit sur le sol. Mon doux flocon vient de fondre. Il est brûlant, son visage est trempé. Il me serre la main. Je ne peux pas aller contre ma montée de MD – encore moins angoisser. L'air est léger. Le cœur d'Isaac s'emballe. Quelqu'un a remis la musique. Je ferme les yeux et danse avec l'atmosphère. Il respire nerveusement. Je suis douce. Ses yeux sont noirs. Mes bras volent. Son nez saigne. Je jouis de mon bien-être. Il pleure.

7

— Écoute, mon vieux. On va se calmer un peu sur la défonce.

Les yeux d'Isaac font un tour sur eux-mêmes, avant qu'il ne me réponde en soupirant :

— Bon, d'accord.

Il n'y a pas de raisons valables pour arrêter la dope. Cela n'a rien de logique. La défonce est un bonheur éphémère renouvelable. Nous décidons quand, où et avec qui nous allons pouvoir rêver à des images de soie et nous rouler dans la mousse. J'ai saisi instantanément ce qui m'avait toujours manqué lorsque j'ai rencontré Marie. J'aurais aimé la connaître plus tôt. Marie m'appartient. Elle a été créée pour moi. Je n'arrêterai pas. Je peux me calmer sur les doses puisque je ne suis pas dépendante. La drogue est une merveille d'invention et il est fabuleux qu'elle ne soit pas addictive. Nous allons nous calmer. Mais alors, juste un peu.

Notre première tentative de sobriété se fait à *La Machine du Moulin Rouge.* Trop facile : ce soir, le groupe La Femme est là et sur d'aussi chouettes mélodies, nous n'aurons pas besoin d'artifices pour nous transcender musicalement. C'est la première fois que nous arrivons à *La Machine* complètement sobres ; je découvre presque les lieux. La plupart des fêtards sont déguisés : masques de chats et homos en plumes accoudés au bar. La lumière bleu rêve éclaire les visages aux yeux clos, les âmes déjà parties, évadées dans un monde où tout n'est que musique. Cette sphère en nuages de watt. Non, je ne les envie pas. Je vais passer une excellente soirée à base de sang propre. Je profiterai mieux du son puisque je l'entendrai réellement.

Isaac m'apporte une vodka on the rocks, accompagnée d'un doux sourire qui semble vouloir dire « Bon courage ». Frank sort une litière à chats de sa poche et l'écrase sur la table. Isaac grogne entre ses dents :

— Frank !

— Je tiens à vous faire profiter visuellement de ce dont vous n'allez pas profiter corporellement.

Ça y est. Frank et son petit ami *décollent.* Ils ont l'air si bien. Si amoureux. Mais je ne les envie pas.

Isaac et moi essayons de danser comme nous le pouvons. Nous nous sentons bêtes, pas à nos places, tapons du pied presque poliment, même pas en rythme. Nous fredonnons les paroles tout en nous retenant de bâiller.

Sur La Femme qui chante «Je recherche des sensations», nous écrasons ce qu'il reste de petits cristaux et les dissolvons dans nos verres.

*

La descente de drogues dures est un suicide temporaire. Il y a quelques heures, nous avons dégueulé la totalité de notre sérotonine, et aujourd'hui alors, nous en avons moins que moins. Les belles colombes que nous étions quelques heures plus tôt ont perdu leur si joli plumage. Hier encore, j'étais la plus belle de Paris. Et voilà qu'aujourd'hui je ne saurais être plus laide. Ma vie est merdique, je me sens seule même accompagnée et puis je tourne en rond jusqu'à en avoir le vertige. Rien ne me satisfait : je ne veux être ni dehors ni dedans, ni manger ni avoir faim, ni dormir ni rester debout. Deux possibilités s'offrent alors à moi : la première est la méthode du petit remontant, qui consiste à tirer un ou deux traits de cocaïne pour ne pas laisser la descente m'envahir tout de suite. La seconde est d'accepter la situation et de m'avouer que tout de même, à un moment donné, il faudra bien aller dormir. Le problème étant que, malgré mon dernier somme datant d'il y a trente-six ou quarante-huit heures, je ne suis pas fatiguée. J'attends devant la télévision que mon cœur se calme, que ma mâchoire arrête de slalomer, que mes pupilles dégonflent et que mes mains cessent de danser en toute autonomie. La plupart du temps, je rentre avec une angine, faute de défenses immunitaires et par abus du coin fumeur, souvent à découvert. Les paradis artificiels ne sont que courants d'air : ils nous caressent la peau, rien qu'un peu, et puis le lendemain nous rendent malades à en crever ; nous font recracher nos yeux, nos poumons abîmés et le regret de ne pas nous être plus couverts. Je me sens faible aussi bien extérieurement que l'inverse. Je suis une moins-que-rien. Je ne suis personne. Ces mauvais jours me rappellent Trapellun et mon manteau en peau de bouc émissaire. J'ignore si je me suis jamais sentie aussi humiliée qu'en cette dernière année d'études. J'aurais voulu être quelqu'un d'autre, ou disparaître, ou bien être comme les stars que le monde entier admire. Ce Gilles de la seconde B ne méritait pas plus d'attention que moi. Je croyais avoir enfin trouvé un garçon qui sache me valoriser, mais ils sont tous les mêmes, sans exception – ou presque. Il était le plus charmant de tout l'établissement et je devenais quelqu'un lorsqu'il me prenait par la main. Oh, je me fichais bien de savoir si j'étais amoureuse ou non. Je me sentais vénérée et voilà tout ce qui comptait pour moi. Mamie dit que les garçons n'ont ni queue ni tête ; c'est à moitié vrai : ces imbéciles n'ont vraiment pas de tête. Heureusement, Isaac est arrivé, et je ne regrette en rien ce Gilles qui ne méritait pas un seul de mes affreux cheveux. Au moins aujourd'hui, j'ai cessé de fréquenter ces petits cons et ces gamines à qui l'avenir réserve si peu de chose.

8

Il y a un type, bon sang. Jamais je n'avais vu un type aussi bien habillé. Il porte de ces chemises avec des boutons de manchettes en argent. Son appartement est une sorte de building plat, lequel comprend une vingtaine de pièces. Il y a un salon rien que pour regarder la télévision et le chat profite d'une cour à lui seul. Cela faisait plusieurs fois que ce bourgeois m'accostait en soirée. Il se dit photographe, et naturellement, ça me plaît. Mais son allure m'enchante moins. Ses cheveux sont plaqués en arrière ; il sent le parfum de mauvais goût et possède trop, trop de paires de mocassins. Après tout, l'habit ne fait pas le moine et il est bien probable que ce type répugnant soit en réalité un homme respectueux. Si cela se trouve, nous deviendrons même amis et il me donnera du fric de temps en temps sans que j'aie besoin de faire *grand-chose*.

Le soleil se couche, la lumière tombe. Ce

salon immense n'est plus éclairé que par une petite lampe de bureau, qu'il allume aussitôt. C'est une lampe qui paraît avoir pas loin d'un demi-siècle. Je me demande quel âge a cet homme.

Je l'appellerai « Monsieur ». Et puis, c'est le verdict. Je suis debout devant lui, plantée comme un piquet. Monsieur est royalement installé dans un cabriolet Louis XV, dont la tapisserie semble être d'origine. Appareil photo entre les mains, il me questionne :

— Eh bien alors ? Qu'est-ce que tu attends, *mon petit* ?

Puis, d'un geste de la main, un geste vulgaire et prétentieux – comme ceux des rois lorsqu'ils disent dans un râle indifférent « Coupez-lui la tête » –, de ce geste si indélicat, je comprends. Cela signifie « Enlève tes vêtements ». Mes jambes frêles grelottent, mon front sue.

— Vous m'accordez une minute ? Je dois aller au petit coin.

Sur cet évier si propre et si brillant, j'aligne une trace deux fois plus épaisse que d'habitude. À mon retour – rien qu'un peu tardif –, je suis somptueuse, sexy comme jamais je ne l'ai été. Je me sens désirée. Je suis au top, et Monsieur, dans son siège royal, est satisfait.

Je suis une étoile sous les flashs de la répugnance.

Une heure plus tard, lorsque je me sens faible et grotesque à nouveau, lorsqu'il en a marre de moi, Monsieur me tend deux cents flèches et m'indique la porte, de ce même geste indélicat, vulgaire et prétentieux.

*

Maman pense qu'il se passe quelque chose de mauvais et me demande de rentrer. Elle me dit « Je suis ta mère, j'ai le flair ! ». Mais que s'imagine-t-elle ? Je suis la femme la plus comblée de ce monde. Et puis même si je le voulais, je ne pourrais pas rentrer tout de suite. Les choses n'auraient pas changé, si ce n'est qu'elles me paraîtraient pires encore. J'aurais connu la vie Alcaline, l'amour, après quoi je devrais me morfondre à nouveau dans le plat et le rien ? Pas question ! Les autres se moqueraient encore de moi, pour combler leur ego. J'ai déjà le vertige de les entendre me dire « Alors Kate Moss, où sont tes premiers rôles et tes magazines et tes types pleins aux as ? ».

9

Ce soir n'est pas un soir comme les autres. Laurine a invité des « amies » qui ne prennent rien. J'ai beau m'entêter à leur expliquer qu'une petite ligne ou un parachute ne ferait que les aider à passer une meilleure soirée, elles ne veulent pas savoir. Elles me regardent avec cet air que je déteste, ce regard sourcilleux qui veut dire « Tu es folle ». Bon sang. Je déteste les gens qui ne veulent pas même *essayer*. Je les ai en horreur. Ce ne sont que des caves coincés et fermés d'esprit.

Le temps passe et je commence à m'ennuyer. Je meurs d'envie de gober un parachute cul sec, mais ces gamines me dérangent. Laurine et moi nous mettons alors d'accord sur un plan : nous allons leur jouer un tour. Je me rends à la cuisine et concocte quelques boissons au curaçao bleu, joliment décorées – et bien assaisonnées.

C'est fantastique ! Je plonge à l'intérieur du

sofa. Je suis couchée sur l'eau et flotte, plus légère que l'air. Mon âme se décolle de mon corps. Je prête un œil aux autres pour savoir si, grâce à moi, elles vivent la même chose : pas du tout. L'une s'est absentée et l'autre, incapable de se tenir correctement, hurle sur Laurine. « Vous nous avez droguées, espèce de cinglées ! » Je suis une vague. J'aime ce canapé. J'aime Laurine. J'aime Isaac et il me manque. J'ai envie d'interagir, mais je suis beaucoup trop loin, beaucoup trop bien. Laurine s'approche de moi : « Hélène, ça va ? T'es pâle. »

Ne me touchez pas.

Il se passe tout un tas de choses passionnantes à l'intérieur de mon corps. Je danse sans bouger. Je suis l'ivresse en personne. L'air me caresse la peau. Soudain, mes yeux voient à nouveau comme avant. Je sors brutalement de ce rêve aux yeux ouverts. C'est affreusement désagréable. Un coup de gourdin. J'étire alors deux lignes généreuses de coke que je m'enfile aussitôt. Laurine est sortie avec les gosses. Je la rejoins plus tard ; avant ça, je dois aller *faire une course.*

Il est vingt-trois heures. J'entre dans une Mercedes noire sans dire bonsoir. Nous échangeons le fric et la came d'un coup de main, et avant d'en sortir, j'ajoute plus ou moins en plaisantant « Si tu m'as vendu de l'aspirine, je te dénonce ».

Ces gamins qui peuplent la terrasse du *Bato-*

far sont à peine majeurs. Le goût de la cocaïne acidifie encore et encore mes gencives. Isaac me parle de ce type qui l'a arnaqué avant-hier. À l'autre bout de la péniche, j'aperçois Laurine qui me fait signe, discrètement. Les barques alentour grincent. Un instant, je me fige. Il y a quelque chose de bizarre. D'inhabituel. L'air est plus lourd et tout est plus bruyant. *Les autres* me regardent.

Nous descendons dans la boîte, où le groupe Fauve chante *Blizzard*. Les marches de métal me semblent plus nombreuses que d'habitude. Isaac me suggère une trace : « Ça ira mieux après. » Nous battre avec la sobriété est dépourvu d'intérêt. C'est comme marcher sans jambes ou essayer de faire chanter un muet. Nous ne tenterons plus le coup. Le son est lent et pâteux, je ne parviens pas à savoir si c'est agréable ou non. Le chanteur s'entête : *tu nous entends le blizzard, tu nous entends ?* Laurine me propose une trace : « Ça ira mieux après. » Frank m'assure que c'est le moment idéal pour prendre un parachute. Je l'écoute. J'ai confiance en Frank : il est un enfant de Marie. Il est un frère de sang sale. Isaac est déjà *de l'autre côté*. Mon cœur s'emballe. Je tente de le calmer en régulant mon souffle. Les sons se déforment. Ils sont plus graves. Il n'y a, dans la musique, plus aucune mélodie. Seulement des sonorités diverses et mal accordées. Du bruit. Un brouhaha incessant, de plus en plus volumineux. Je panique. J'ai envie de vomir. Je ne parviens pas à remonter les escaliers ; c'est comme si des marches s'ajoutaient au fur et à mesure. À l'extérieur, l'air n'est pas moins comprimé. Les barques grincent davantage et mes mâchoires aussi. Les autres me dévisagent, je les vois. Mon nez saigne de plus belle. Il saigne. Il ne s'arrête pas de saigner. Est-ce que tous ces jeunes autour devinent que je ne peux plus respirer ? Je m'effondre. Je vomis. Je saigne. Je vois noir et je broie du noir. Je vais mourir. Je le sais. Je le sens. Je vais mourir.

J'aurais aimé avoir une mort normale. Étendue sur un lit aux draps blancs et propres qui serait par la suite orné de fleurs. Mourir dans un silence de mort. Mes proches, tout de noir vêtus, auraient été là pour me tenir la main, jusqu'à la dernière seconde. Au lieu de quoi, demain, je serai en première page d'un foutu journal régional, sans prénom, juste un « encore une victime de la drogue ». Ce n'est pas ce que je veux. Je ne peux pas mourir ce soir. Pas déjà. Pas comme ça.

10

Il y a, entre Laurine et moi, ce fil de poudre blanche qui nous relie l'une à l'autre : amitié perlimpinpin.

Mes yeux sont debout. J'aimerais que mes mains aient des pieds afin de pouvoir les emmener où je veux. Je me sens bien avec moi-même. Je me dis que je suis plutôt grandiose, et câline mon moi intérieur. Je regarde mes jambes qui sont à la verticale, alors que j'étais persuadée d'être allongée. Mon cerveau communique avec l'autre sphère – je le laisse faire, je n'ai pas besoin de lui pour le moment. Je sens les fibres du tapis sous mes orteils. Elles sont incroyables, colorées, si fines et si précises ! Mes jambes sont douces comme de l'eau. Les meubles viennent se frotter à elles.

— Hélène ? Je ne sais pas à quoi ça ressemble vu de l'intérieur, mais de l'extérieur c'est vraiment spécial.

— Laurine ? T'es là ?

— Bien sûr que je suis là, on est chez moi !

— Moi, je ne suis pas là. Tu veux toucher ? C'est super doux.

Ceux qui côtoient moins la poudre – les cristaux – se sentent plus forts. « Moi, je gère. Moi, c'est occasionnel. » Ils pensent avoir le contrôle. Être plus malins, plus sûrs d'eux. Mais l'illusion est la même. La sensation de plénitude et de réalité est la même. Les tentacules gigotent de la même manière. La poudre sert à faire parler, pour ne rien dire de plus que si l'on n'avait pas parlé. Toutes les questions existent, ce qui ne veut pas dire qu'elles ont toutes une réponse. Les nuits nous paraissent à tous différentes : mais nous sommes au même endroit, et dans le même état. Nous préférons vivre avec ce voile qui nous couvre les yeux. Notre vie n'a ni début ni fin. Nous n'avons pas de but. Nous sommes à côté de la plaque. Je suis complètement à côté de la plaque. Je crois vivre d'émotions, la vérité est que je n'en ai plus aucune. Combien sommes-nous à ne dormir que de temps en temps ?

La Femme, et The Knife, et Fakear et Chloé et Nina-truc-muche, et Clara 3000 et Magda, et David Shaw et Jenifer Cardini… Je les connais tous autant qu'ils sont. Et maintenant, est-ce que je suis plus avancée ? Machine, Batofar, Social, Concrète, Pierre Cardin, palais de Tokyo, Point

F... Je sais où il faut traîner et avec qui pour avoir l'air branché. Mais branché pour quoi ? Pour qui ? Pour qui est-ce que je me donne tout ce mal ? Les autres voient-ils réellement mes efforts ? Non. Personne ne me voit puisque je ne vois personne. Ma vie est une chimère.

*

Il fait chaud. J'ai mal à la nuque et aux jambes, et je n'ai pas mangé depuis… depuis quand ? Je suis moite. Il fait froid. Laurine est partie en week-end et Isaac vient passer la nuit à la maison. J'ai des fourmis dans tout le corps. Des boutons affreux. Je suis si laide, bon sang, ne ferais-je pas mieux de me tuer ? Cela fait une éternité que je ne suis pas sortie en boîte. Peut-être dix jours, ou je n'en sais trop rien. Ce si joli vin dans le placard a été offert à Laurine par ma tante. Cette bouteille m'appelle. J'en bois, rien qu'une gorgée, avant qu'Isaac n'arrive. Je suis bien trop nerveuse et il est hors de question qu'il me voie dans un pareil état. Dans ce vin, je cherche les effets de Marie. La bouteille se vide. Je me sens mieux. J'espère de tout cœur que Laurine ne m'en voudra pas. J'espère aussi, et encore plus profondément, qu'Isaac aura quelque chose pour moi. Je rêve que nous nous offrions un voyage, rien que tous les deux, ici, « chez moi ». Cela n'est jamais arrivé. Isaac sonne à la porte. Avant même de me saluer, il dit :

— J'ai tout un tas de surprises.

Puis m'embrasse tendrement. La porte claque derrière ce semblant de bonheur. Ses bras m'enlacent, mon cœur se presse ; je grouille de sensations. Le monde autour disparaît, il n'y a que nous. Coco file dans nos narines abîmées. Je lui souris. Il me sourit. Nous parlons de *tout* et davantage de *rien*. Allongés sur la moquette, dont la saleté habille la couleur d'origine, nous refaisons le monde. Le plafond nous fascine.

— Si nous sommes le plafond d'un sol, me dit Isaac, alors nous sommes le dessous d'un dessus !

Je réponds :

— Tu m'épates.

— Tu vois, ma vieille : ça, c'est le système. On se laisse marcher dessus par des gens qui ne valent pas mieux que nous.

— Je pense que tu vas… un peu loin.

Ses immenses yeux soudain rougissent. Ses veines prennent du relief. Ses mains, crispées comme deux grappins, m'attrapent par le col. Plaquée contre le mur, j'encaisse les menaces en tout genre. Qui est ce cinglé qui s'en prend à moi ?

Je hurle :

— Disparais !

Il s'exécute.

11

« N'est pas disponible pour le moment. Veuillez laisser un message après le bip sonore. » C'est la troisième fois que cette satanée railleuse décroche à la place d'Isaac.

*

J'examine les lignes de ma main en me questionnant : est-ce que tout ça était écrit ? Je me demande où ma vie s'arrête et si le M de ma paume est capable de me le dire. Je ne parviens pas à me souvenir quels étaient mes réels objectifs en montant à Paris. Est-ce que je voulais être actrice ou peut-être mannequin ou bien est-ce que j'avais simplement besoin que l'on me regarde ? Que l'on m'admire un peu, que l'on sache que j'existe ! Je ne sais pas ce que je suis venue chercher ici, mais je sais – je *sais* – que je n'y ai rien trouvé ! J'ai fait de mon quotidien une routine nocturne. Je ne connais plus le jour depuis des mois. Je vis pour Marie et pour ma réputation dans le milieu de la nuit. Je dois connaître tous les deejays branchés ainsi que tous les films d'art et d'essai, pour ne pas être à la ramasse durant les discussions en soirée. Ces discussions s'arrêtent à six heures du matin. En *after*, on ne discute pas. On se regarde, on se lamente, on se défonce davantage, on fume des cigarettes, on quémande des lignes et des parachutes. Les clients des afters que je fréquente ont rarement la tchatche. Tout ce qu'ils veulent, c'est baiser et nous empoisonner. À ces heures-là, mon identité a réellement disparu. Je m'appelle Christie, Nicole, Jenny ; je suis modèle, comédienne, présentatrice télé, chanteuse. J'ai parfois vingt ans, parfois vingt-cinq, parfois trente pour les plus naïfs. « Oh, je sais bien que j'fais pas mon âge ! » Je suis une menteuse. Je m'invente la vie que j'aurais rêvé avoir. À quoi bon ? Je n'ai pas même pris le temps de rêver cinq minutes ! Je n'ai pas même pris *une seconde* pour essayer de faire de ma vie autre chose qu'un désastre ! J'ai foncé droit dans le mur, yeux parfaitement ouverts. Je n'ai pas même téléphoné à ce type du cours de théâtre. Je suis actrice de nuit, voilà tout.

Ces afters sont plus humides que l'eau. Plus sombres que le noir. Il y a ces deejays déchus et ces filles qui pleurent parce qu'elles sont trop bourrées – ou *je ne sais trop quoi.* Il y a ce vestiaire en lequel personne n'a confiance. Ces toilettes au rebord épais, parfait pour étirer des lignes. Il y a ces gonzesses qui sortent des toilettes en se pinçant le nez ; ces espèces de macs attablés avec un magnum de ceci et de cela, ceux qui s'installent sur les banquettes, jambes trop écartées, et qui vous font « psitt, tu veux un trait ? » et enfin, il y a ce son d'une qualité médiocre, cette odeur malsaine et ce manque de lumière. Un after parisien est tout ce qu'il y a de plus glauque et de plus déconcertant. Je ne les aime pas, mais pas le choix : je n'ai pas sommeil.

Je voulais être Brigitte Bardot, je suis une Amy Winehouse sans avenir. Mes ongles se dédoublent. Mes poignets s'amincissent. Mes cheveux tombent par paquets. J'étais plutôt jolie avant de venir à Paris.

Il est midi. La plupart des fêtards commencent leur soirée ici. C'est le principe de la concrète : arriver à n'importe qu'elle heure et toujours y être pareillement accueilli. Des centaines de piles alcalines sautillent sur le bateau. La coke circule à tout va. Il y a cette fille à l'énergie débordante qui me laisse perplexe. Je lui demande à quoi elle tourne pour avoir autant la pêche. Elle me répond « Au sommeil ! ». Je suis scotchée.

Des coupes au bol et deux bois de cerf dans

un triangle. C'est ce que mille gonzesses identiques appellent *l'originalité.* Des godasses en cuir et des vestes en jean. Pas de soutien-gorge parce que plus c'est vulgaire plus c'est chic. J'aime faire peur et être intimidante. Parfois je meurs d'envie de sourire mais ce serait risquer de perdre ma crédibilité. Souvent les mots m'échappent, je suis polie sans le faire exprès. Je suis snob ou du moins j'essaie de l'être. Laurine est très douée en snobisme : cela fait près de dix ans qu'elle traîne dans le milieu lesbien.

Parachute. Tout va mieux. Nous sommes au beau milieu du jour, pourtant la nuit vient m'enlacer entre ses bras sulfureux. Mon âme se soulève pour rejoindre le délice. Toutes ces personnes sont si adorables, si fascinantes. Je ne m'abstiens pas de le leur faire remarquer. Nos yeux, balles 8 de billard, sont aimantés. « Qu'est-ce que t'es belle ! Vous avez de la chance d'avoir une amie aussi belle. » Je me pose un instant à l'extérieur et respire cet air si pur qui m'est offert. Frank s'assoit à mes côtés. Il me jette un regard aux trois quarts de pupilles. Je me perds dans son écarteur d'oreille alors qu'il commence à parler. Je ne sais trop si c'est à moi qu'il parle ou si c'est à lui-même. J'essaie de me concentrer sur ce qu'il me raconte mais à peine ai-je enregistré un mot que j'en oublie le précédent. Ces mots ne forment aucune phrase. Alors que Frank tente en vain de rouler sa cigarette, dont le tabac ne fait que tomber et tomber encore, je fonds dans cet écarteur. Je me demande si j'ai jamais vu une chose aussi incroyablement ronde.

— Et alors, qu'est-ce que je disais ? Ah oui. Laurine me ramène un verre et puis là, merde, mon tabac.

— Frank, t'as des nouvelles d'Isaac, toi ?

— Quedal. Silencieux comme le ciel. Qu'est-ce que je disais ? Ah oui. Laurine me ramène un verre…

Ses cheveux châtains, mi-longs, sont si propres que j'aimerais dormir dedans. J'adore Frank. Je l'aime si profondément que sa présence ne me suffit pas. J'ai besoin de le caresser, de le toucher, de lui dire que je l'aime et à quel point il est beau. Aussi comme j'aime son petit ami et comme ils sont si incroyablement somptueux ensemble. Laurine s'installe à nos côtés. Nous nous câlinons tous trois, et les miettes de tabac continuent à s'enfuir avec le vent.

*

Le métro en pleine journée me rend folle, quand je n'ai pas encore dormi et que ces gens normaux courent dans tous les sens. Ils *vivent*. Et moi, que fais-je en attendant ? Du surplace. C'est comme marcher en sens inverse sur le tapis roulant. Combien sont-ils ? Ils sont beaucoup. Ils sont beaucoup *trop*. Un jour, je mourrai debout. Je ne me couche que dans ma tête.

Il y a des milliers de gens dans ce métro vide.

Paris, Paris : je ne sais pas à quoi tu ressembles. Je ne vois de toi que les organes. Je ne connais pas ton charmant visage, celui qui fait le tour du monde. Je ne connais pas ton maquillage qui plaît tant aux touristes ; mais je connais tes entrailles, tes caniveaux. Là où tu ranges tes toxicos, tes SDF, tes tiroirs à maisons closes, à Roms démembrés, putes et enfants de la nuit. La voilà, la tour Eiffel, qui, au loin, illumine nos paupières sans que l'on s'en aperçoive. Sans même que l'on lève la tête pour se souvenir qu'elle existe. Comment pouvons-nous nous relever en étant tombés aussi bas ? Nous jouons à qui mieux mieux la nuit, et le jour, la plupart d'entre nous rentrent dormir dans des studios habités par les blattes, dont le frigo résonne – ou logent chez des copains. Certains ont la chance que j'ai. D'autres non. À quoi est-ce que je sers ? Où est-ce que j'atterrirai lorsque j'aurai fini de compter sur mes doigts ? Lorsque mon porte-monnaie sera troué et ma santé tringlée à l'exit de secours ? Je n'en sais rien et je m'en fiche. *On* dit que le désespoir et la drogue vont de pair, c'est à moitié vrai : je n'étais pas désespérée avant de découvrir la drogue. Aujourd'hui, c'est le désespoir qui me sort du lit le matin. Et s'il parvient à me faire lever, c'est uniquement parce que je le confonds avec le bonheur.

Laurine me dit que Chloé mixe ce soir. Nous venons de rentrer, je suis épuisée. Je n'ai pas dormi depuis la nuit des temps. Il est hors de question que nous y allions. Il faut savoir s'arrêter.

« Oui, mais c'est Chloé ! »

Nous y allons.

*

Mardi 11 mai. Je le sais parce qu'ils l'ont dit à la télé. Je n'ai pas de nouvelles d'Isaac depuis des jours. Bien incapable de sortir de chez moi, je passe, avec Laurine, la journée avachie sur le canapé. Je n'ai pas faim. Je n'ai pas soif. Le goût de l'eau me répugne. Je n'ai pas sommeil. Je suis laide et ma vie n'a aucun sens. Je ne suis rien ni *personne.* Laurine m'assure que c'est normal : je suis en descente. Je me fiche de savoir que je n'ai plus de sérotonine. Je me fiche de savoir pour quelle raison je déprime.

Cruelle Mélancolie.

Ma vie est une ruine. Je me sens sale. Violée. Comme dans ces films où des nanas désespérées par l'addiction à l'héroïne finissent par s'ôter la vie. Mais l'héroïne fait partie d'un autre monde.

Elle est une drogue – une vraie. Une drogue qui *tue*. Les héroïnomanes sont des larves : je suis un papillon. Qu'est-ce que je m'imaginais lorsque je regardais *Trainspotting* et *Requiem for a dream* et *Las Vegas Parano*? J'étais intriguée, fascinée. Je ne ressentais pas ce dégoût pour la défonce.

Les festivals de musique sont des fourmilières. C'est bien trop navrant ! Bien trop bruyant ! Bien trop encombré ! Bien trop *trop* ! Les boîtes de nuit ne changent pas leurs décors, ni leurs clients – ni rien. Ce sont toujours les mêmes profils qui viennent vous emmerder. Et des « Quel âge que t'as ? » et des « T'aurais pas quelque chose ? » et des « Qu'est-ce que tu fais après ? ». On ne me demande même plus *si je fais quelque chose après* mais *ce que je fais après.*

Ouste les conversations sans fin ! Je n'ai plus envie de parler. Je veux qu'on me laisse peinarde avec Marie. Voyager sur ma banquette, seule avec mes parachutes. Je me suffis à moi-même. La musique m'agace. Je méprise les autres, tous autant qu'ils sont. Les barmaids. Les deejays. Laurine. Frank. Cet enfoiré d'Isaac qui préfère se cloîtrer dans le silence plutôt que s'excuser.

Je croyais connaître l'amour et l'amitié véritables, je n'en ai connu qu'une contrefaçon décousue. Je croyais connaître la vie – la vraie, le bonheur, l'épanouissement ! Mes objectifs ont dévié. L'idée de base était mauvaise. Paris n'a rien de *la vie en rose*, ce n'est que le titre d'une chanson. Laurine n'est qu'un morceau de viande dans ce Paris douteux. Elle n'a ni personnalité, ni rien. Le seul mérite qui lui revient est de travailler de temps en temps. Isaac, lui, n'a aucun mérite. Je le hais. Je n'arrive plus à croire qu'il puisse être quelqu'un de bien.

J'aurais aimé sortir diplômée d'une école quelconque. Être serveuse ou bien vendeuse. Toucher mille deux cents euros par mois et me les faire flinguer par les impôts. Et aujourd'hui quoi ? Ma motivation est partie prendre l'air depuis déjà des lustres. Je ne sais pas pourquoi je vis ainsi, ni depuis quand, ni combien de temps cela va durer. Je nage dans une piscine sans eau.

Me voilà seule. Toute seule. Je m'appelle Hélène et je suis toute seule. Est-ce que quelqu'un m'entend ?

Tous les gosses – moi compris – s'imaginent un avenir scintillant. Sans même faire un quelconque rapprochement avec l'école, on rêve d'être médecin, bien que mauvais en maths. On se voit déjà vétérinaire, même ayant la chirurgie en horreur. Nous avons un million de rêves, que l'on pense pouvoir réaliser en un claquement de doigts. Nous savions, sans le moindre doute, que nous ferions quelque chose plus tard, sans forcément savoir quoi. Jamais aucun gosse – et encore moins moi-même – n'a déjà prédestiné sa vie dans les limbes du *rien.*

Mon cerveau et mes souvenirs se désagrègent. Je sors de soirée en me demandant ce que j'y ai fait et si j'y étais vraiment. Je passe ma nuit entière à danser dans un coin. Et cette nuit, qui me paraît une seconde, dure une éternité. Je ne pense pas. Je ne pense plus. Si la salle est bruyante, habitée par la musique qui en prend presque tout l'espace, ma tête baigne dans le silence. J'entends ce qui se passe autour sans vraiment écouter. Le lieu et ce qui s'y trouve m'importent peu, tant que Marie y est présente. Jamais je n'aurais pu imaginer, rien qu'un instant, rien qu'une seconde, que ma vie prendrait une telle tournure. Depuis les bancs du lycée, je rêvais de l'inaccessible. Je rêvais de grandeur et d'originalité. Ma vie est devenue un film dont je ne suis que spectatrice. Je doute grandement que l'on vienne s'agenouiller à mes pieds dans ces dantesques catacombes. Je doute que mes parents et mes camarades de Trapellun soient fiers de moi, se disent que j'ai bien fait de quitter les cours puis réussi ma vie. Je ne serai jamais la grande et belle fille de mes songes. Je ne serai jamais la fierté de quiconque, celle que l'on présente gaiement à ses amis les plus branchés en annonçant « voilà ma petite star ». Je ne serai jamais bonne à quoi ni à qui que ce soit, dénuée de toute utilité, jamais convoitée, idolâtrée ; « Tu vas voir, ça ne fait rien » dixit ces enfoirés, le bouc émissaire la pellicule de rien, ridiculement petite dans ce monde qui n'est pas le mien, Spielberg peut bien m'attendre encore longtemps, et Elite qui se plierait en quatre pour me booker inondant mon répondeur de suppliques, c'est dans une autre vie tout ça, une autre putain de vie, *on* ne me mettra jamais sur un piédestal parce que je ne suis personne et que je ne serai jamais personne. Je n'existe pas. Je suis une feuille de papier calque oubliée dans un vieux carton. Isaac a eu raison de me traiter ainsi. Il aurait dû le faire depuis longtemps. Je lui fais honte. Je fais honte à mon entourage. Je fais même honte aux enfants de Marie, dont la vie n'a rien de plus sucré que la mienne. Je ne suis *personne.*

12

Je suis sobre. Nous n'avons pas pu passer commande et Isaac n'est plus là pour me ravitailler. Je ne réclame plus d'argent à maman, ni à Laurine avec qui l'amitié s'effrite peu à peu. Mes bras, mes jambes et ma nuque me font mal. Je vois les autres, je les observe tels qu'ils sont. Ces papillons de nuit ne battent pas de l'aile comme ils le font d'habitude. Ils dansent maladroitement, si toutefois il est raisonnable d'appeler cela *danser*. Renfermés sur eux-mêmes tels des hérissons, leurs yeux ne tarderont pas à exploser d'encre noire, leurs cernes à traîner sur le sol. Ils sont laids. Ils m'effraient. Leurs mâchoires grincent, naviguent de gauche à droite comme si elles allaient se décrocher. La musique n'a rien qui m'enchante. Certains approchent les quarante ans – ou peut-être les paraissent-ils seulement. La plupart d'entre eux sautillent et me bousculent sans y prêter attention. Ils ne sont pas maîtres d'eux-mêmes. Ils sont des robots. Des drogués. Ces faux fêtards dont la nuit n'est qu'un prétexte pour se défoncer. Ces chiens errants salivant devant tout ce qui se sniffe et se gobe. Ce qui brille le plus en mes nuits de cristal n'est pas la lumière de la scène, mais la peau moite des âmes poudreuses, qui scintille.

Y a-t-il une lueur au bout de cet obscur et interminable tunnel ? Y a-t-il quelqu'un qui puisse répondre en bonne et due forme à mes milliers de questions ? Je ne vois plus ni noir ni blanc. Je suis un engin débranché. Je vis parce que mon cœur bat encore.

*

« N'est pas disponible actuellement... » Lucifer-de-la-boîte-vocale me fait tomber les cheveux un à un. Et puis *merde*. Si cet imbécile n'a pas la décence de venir s'excuser lui-même, c'est à moi de me rendre chez lui.

Je marche à vive allure mais à contrecœur. Le vent me griffe la peau, la lumière me dérange. Les fenêtres ouvertes des immeubles offrent des bribes de vies normales. De délicieuses odeurs s'échappent des cuisines de différentes ethnies. L'eau des géraniums vient chatouiller le trottoir et le crâne de ceux qui passent sous les balcons. Sur les terrasses, les enfants jouent à des jeux d'enfants. Ils rient et râlent en un même soupir. Un bruit de casserole retentit comme un battement de cœur, accompagné d'un « À table ! ». Je me remémore les cymbales de vaisselle, lorsque maman était encore ma mère. Les magnets sur le frigo plein. La chantilly en veux-tu, en voilà.

Je suis un silence égratigné. Je ne sais plus même si je crois en ce que je dis. Et si je me noyais dans les marais mouvants de l'irréel ? Suis-je la seule à ressentir ce que je ressens ? *Est-ce que je suis définitivement seule au monde ?* Si Dieu existe, alors qu'il se montre maintenant ! Qu'on m'envoie enfin le courage que je n'ai jamais connu, la volonté de mettre un pied devant l'autre. Plus j'approche de l'immeuble d'Isaac et plus mon cœur se grise. Mes membres ne se sont jamais montrés aussi présents qu'à l'instant : je tremble, frissonne, j'ai froid et chaud à la fois. Ma gorge est sèche. Pourquoi est-ce que je suis venue ? Je supplie mes jambes de faire demi-tour, mais c'est trop tard, je suis arrivée. Les immeubles me regardent de haut. Je ne suis pas la bienvenue. Déjà s'est installée cette atmosphère de *passé*, comme si je n'avais plus rien à faire ici.

Une longue et triste voiture est garée près de l'entrée.

Alors que je pénètre dans le jardin de l'immeuble, une femme, tout de noir vêtue, quitte la propriété. Traits fatigués et teint pâle, elle paraît contenir toute la tristesse du monde. Elle ne pleure pas, mais je devine derrière ses yeux une cascade de larmes qui ne demande qu'à sortir. Elle lui ressemble. Elle lui ressemble tellement. Mes pas et mon souffle s'accélèrent. Je cours. Je cours. Ce jardin ne s'arrête jamais. Les saules pleureurs me reluquent avec peine. Tout est gris. L'air est gris. Le ciel est gris malgré son bleu piscine. Le gravier qui craque sous mes Doc Martens me crispe davantage. Enfin, mes mains poussent la porte d'entrée. Je suis essoufflée. Je suis effrayée. Devant moi, en silence, quatre hommes descendent les marches. Sur leurs épaules, une boîte en bois repose.

REMERCIEMENTS

Merci à Lolita et Emmanuelle sans qui ce livre ne serait pas ce qu'il est.

Merci à Jean-Michel pour sa patience et son efficacité.

Merci à mes lecteurs tests, à ma famille et mes amis, à ma femme que j'ai trompée tous les soirs avec Microsoft Word.

Merci, et pardon, à ceux et celles qui m'ont inspirée.

DU MÊME AUTEUR

Aux Éditions Gallimard

LES MÉDUSES ONT-ELLES SOMMEIL ?, coll. « Nos vies », 2016 (Folio nº 6294).

COLLECTION FOLIO

Dernières parutions

5956. Lao-tseu	*Tao-tö king*
5957. Marc Aurèle	*Pensées. Livres I-VI*
5958. Montaigne	*Sur l'oisiveté et autres essais en français moderne*
5959. Léonard de Vinci	*Prophéties* précédé de *Philosophie* et *Aphorismes*
5960. Alessandro Baricco	*Mr Gwyn*
5961. Jonathan Coe	*Expo 58*
5962. Catherine Cusset	*La blouse roumaine*
5963. Alain Jaubert	*Au bord de la mer violette*
5964. Karl Ove Knausgaard	*La mort d'un père*
5965. Marie-Renée Lavoie	*La petite et le vieux*
5966. Rosa Liksom	*Compartiment n° 6*
5967. Héléna Marienské	*Fantaisie-sarabande*
5968. Astrid Rosenfeld	*Le legs d'Adam*
5969. Sempé	*Un peu de Paris*
5970. Zadie Smith	*Ceux du Nord-Ouest*
5971. Michel Winock	*Flaubert*
5972. Jonathan Coe	*Les enfants de Longsbridge*
5973. Anonyme	*Pourquoi l'eau de mer est salée et autres contes de Corée*
5974. Honoré de Balzac	*Voyage de Paris à Java*
5975. Collectif	*Des mots et des lettres*
5976. Joseph Kessel	*Le paradis du Kilimandjaro et autres reportages*
5977. Jack London	*Une odyssée du Grand Nord*
5978. Thérèse d'Avila	*Livre de la vie*
5979. Iegor Gran	*L'ambition*
5980. Sarah Quigley	*La symphonie de Leningrad*
5981. Jean-Paul Didierlaurent	*Le liseur du 6h27*

5982. Pascale Gautier — *Mercredi*
5983. Valentine Goby — *Sept jours*
5984. Hubert Haddad — *Palestine*
5985. Jean Hatzfeld — *Englebert des collines*
5986. Philipp Meyer — *Un arrière-goût de rouille*
5987. Scholastique Mukasonga — *L'Iguifou*
5988. Pef — *Ma guerre de cent ans*
5989. Pierre Péju — *L'état du ciel*
5990. Pierre Raufast — *La fractale des raviolis*
5991. Yasmina Reza — *Dans la luge d'Arthur Schopenhauer*
5992. Pef — *Petit éloge de la lecture*
5993. Philippe Sollers — *Médium*
5994. Thierry Bourcy — *Petit éloge du petit déjeuner*
5995. Italo Calvino — *L'oncle aquatique*
5996. Gérard de Nerval — *Le harem*
5997. Georges Simenon — *L'Étoile du Nord*
5998. William Styron — *Marriott le marine*
5999. Anton Tchékhov — *Les groseilliers*
6000. Yasmina Reza — *Adam Haberberg*
6001. P'ou Song-ling — *La femme à la veste verte*
6002. H. G. Wells — *Le cambriolage d'Hammerpond Park*
6003. Dumas — *Le Château d'Eppstein*
6004. Maupassant — *Les Prostituées*
6005. Sophocle — *Œdipe roi*
6006. Laura Alcoba — *Le bleu des abeilles*
6007. Pierre Assouline — *Sigmaringen*
6008. Yves Bichet — *L'homme qui marche*
6009. Christian Bobin — *La grande vie*
6010. Olivier Frébourg — *La grande nageuse*
6011. Romain Gary — *Le sens de ma vie* (à paraître)
6012. Perrine Leblanc — *Malabourg*
6013. Ian McEwan — *Opération Sweet Tooth*
6014. Jean d'Ormesson — *Comme un chant d'espérance*
6015. Orhan Pamuk — *Cevdet Bey et ses fils*

6016.	Ferdinand von Schirach	*L'affaire Collini*
6017.	Israël Joshua Singer	*La famille Karnovski*
6018.	Arto Paasilinna	*Hors-la-loi*
6019.	Jean-Christophe Rufin	*Les enquêtes de Providence*
6020.	Maître Eckart	*L'amour est fort comme la mort* et autres textes
6021.	Gandhi	*La voie de la non-violence*
6022.	François de La Rochefoucauld	*Maximes*
6023.	Collectif	*Pieds nus sur la terre sacrée*
6024.	Saâdi	*Le Jardin des Fruits*
6025.	Ambroise Paré	*Des monstres et prodiges*
6026.	Antoine Bello	*Roman américain*
6027.	Italo Calvino	*Marcovaldo* (à paraître)
6028.	Erri De Luca	*Le tort du soldat*
6029.	Slobodan Despot	*Le miel*
6030.	Arthur Dreyfus	*Histoire de ma sexualité*
6031.	Claude Gutman	*La loi du retour*
6032.	Milan Kundera	*La fête de l'insignifiance*
6033.	J.M.G. Le Clezio	*Tempête* (à paraître)
6034.	Philippe Labro	*« On a tiré sur le Président »*
6035.	Jean-Noël Pancrazi	*Indétectable*
6036.	Frédéric Roux	*La classe et les vertus*
6037.	Jean-Jacques Schuhl	*Obsessions*
6038.	Didier Daeninckx – Tignous	*Corvée de bois*
6039.	Reza Aslan	*Le Zélote*
6040.	Jane Austen	*Emma*
6041.	Diderot	*Articles de l'Encyclopédie*
6042.	Collectif	*Joyeux Noël*
6043.	Tignous	*Tas de riches*
6044.	Tignous	*Tas de pauvres*
6045.	Posy Simmonds	*Literary Life*
6046.	William Burroughs	*Le festin nu*
6047.	Jacques Prévert	*Cinéma* (à paraître)
6048.	Michèle Audin	*Une vie brève*

6049.	Aurélien Bellanger	*L'aménagement du territoire*
6050.	Ingrid Betancourt	*La ligne bleue*
6051.	Paule Constant	*C'est fort la France !*
6052.	Elena Ferrante	*L'amie prodigieuse*
6053.	Éric Fottorino	*Chevrotine*
6054.	Christine Jordis	*Une vie pour l'impossible*
6055.	Karl Ove Knausgaard	*Un homme amoureux, Mon combat II*
6056.	Mathias Menegoz	*Karpathia*
6057.	Maria Pourchet	*Rome en un jour*
6058.	Pascal Quignard	*Mourir de penser*
6059.	Éric Reinhardt	*L'amour et les forêts*
6060.	Jean-Marie Rouart	*Ne pars pas avant moi*
6061.	Boualem Sansal	*Gouverner au nom d'Allah* (à paraître)
6062.	Leïla Slimani	*Dans le jardin de l'ogre*
6063.	Henry James	*Carnets*
6064.	Voltaire	*L'Affaire Sirven*
6065.	Voltaire	*La Princesse de Babylone*
6066.	William Shakespeare	*Roméo et Juliette*
6067.	William Shakespeare	*Macbeth*
6068.	William Shakespeare	*Hamlet*
6069.	William Shakespeare	*Le Roi Lear*
6070.	Alain Borer	*De quel amour blessée* (à paraître)
6071.	Daniel Cordier	*Les feux de Saint-Elme*
6072.	Catherine Cusset	*Une éducation catholique*
6073.	Eugène Ébodé	*La Rose dans le bus jaune*
6074.	Fabienne Jacob	*Mon âge*
6075.	Hedwige Jeanmart	*Blanès*
6076.	Marie-Hélène Lafon	*Joseph*
6077.	Patrick Modiano	*Pour que tu ne te perdes pas dans le quartier*
6078.	Olivia Rosenthal	*Mécanismes de survie en milieu hostile*
6079.	Robert Seethaler	*Le tabac Tresniek*
6080.	Taiye Selasi	*Le ravissement des innocents*

6081. Joy Sorman	*La peau de l'ours*
6082. Claude Gutman	*Un aller-retour*
6083. Anonyme	*Saga de Hávardr de l'Ísafjördr*
6084. René Barjavel	*Les enfants de l'ombre*
6085. Tonino Benacquista	*L'aboyeur*
6086. Karen Blixen	*Histoire du petit mousse*
6087. Truman Capote	*La guitare de diamants*
6088. Collectif	*L'art d'aimer*
6089. Jean-Philippe Jaworski	*Comment Blandin fut perdu*
6090. D.A.F. de Sade	*L'Heureuse Feinte*
6091. Voltaire	*Le taureau blanc*
6092. Charles Baudelaire	*Fusées – Mon cœur mis à nu*
6093. Régis Debray et Didier Lescri	*La laïcité au quotidien. Guide pratique*
6094. Salim Bachi	*Le consul* (à paraître)
6095. Julian Barnes	*Par la fenêtre*
6096. Sophie Chauveau	*Manet, le secret*
6097. Frédéric Ciriez	*Mélo*
6098. Philippe Djian	*Chéri-Chéri*
6099. Marc Dugain	*Quinquennat*
6100. Cédric Gras	*L'hiver aux trousses. Voyage en Russie d'Extrême-Orient*
6101. Célia Houdart	*Gil*
6102. Paulo Lins	*Depuis que la samba est samba*
6103. Francesca Melandri	*Plus haut que la mer*
6104. Claire Messud	*La Femme d'En Haut*
6105. Sylvain Tesson	*Berezina*
6106. Walter Scott	*Ivanhoé*
6107. Épictète	*De l'attitude à prendre envers les tyrans*
6108. Jean de La Bruyère	*De l'homme*
6109. Lie-tseu	*Sur le destin*
6110. Sénèque	*De la constance du sage*
6111. Mary Wollstonecraft	*Défense des droits des femmes*

6112. Chimamanda Ngozi Adichie	*Americanah*
6113. Chimamanda Ngozi Adichie	*L'hibiscus pourpre*
6114. Alessandro Baricco	*Trois fois dès l'aube*
6115. Jérôme Garcin	*Le voyant*
6116. Charles Haquet et Bernard Lalanne	*Procès du grille-pain et autres objets qui nous tapent sur les nerfs*
6117. Marie-Laure Hubert Nasser	*La carapace de la tortue*
6118. Kazuo Ishiguro	*Le géant enfoui*
6119. Jacques Lusseyran	*Et la lumière fut*
6120. Jacques Lusseyran	*Le monde commence aujourd'hui*
6121. Gilles Martin-Chauffier	*La femme qui dit non*
6122. Charles Pépin	*La joie*
6123. Jean Rolin	*Les événements*
6124. Patti Smith	*Glaneurs de rêves*
6125. Jules Michelet	*La Sorcière*
6126. Thérèse d'Avila	*Le Château intérieur*
6127. Nathalie Azoulai	*Les manifestations*
6128. Rick Bass	*Toute la terre qui nous possède*
6129. William Fiennes	*Les oies des neiges*
6130. Dan O'Brien	*Wild Idea*
6131. François Suchel	*Sous les ailes de l'hippocampe. Canton-Paris à vélo*
6132. Christelle Dabos	*Les fiancés de l'hiver. La Passe-miroir, Livre 1*
6133. Annie Ernaux	*Regarde les lumières mon amour*
6134. Isabelle Autissier et Erik Orsenna	*Passer par le Nord. La nouvelle route maritime*
6135. David Foenkinos	*Charlotte*

6136.	Yasmina Reza	*Une désolation*
6137.	Yasmina Reza	*Le dieu du carnage*
6138.	Yasmina Reza	*Nulle part*
6139.	Larry Tremblay	*L'orangeraie*
6140.	Honoré de Balzac	*Eugénie Grandet*
6141.	Dôgen	*La Voie du zen. Corps et esprit*
6142.	Confucius	*Les Entretiens*
6143.	Omar Khayyâm	*Vivre te soit bonheur ! Cent un quatrains de libre pensée*
6144.	Marc Aurèle	*Pensées. Livres VII-XII*
6145.	Blaise Pascal	*L'homme est un roseau pensant. Pensées (liasses I-XV)*
6146.	Emmanuelle Bayamack-Tam	*Je viens*
6147.	Alma Brami	*J'aurais dû apporter des fleurs*
6148.	William Burroughs	*Junky* (à paraître)
6149.	Marcel Conche	*Épicure en Corrèze*
6150.	Hubert Haddad	*Théorie de la vilaine petite fille*
6151.	Paula Jacques	*Au moins il ne pleut pas*
6152.	László Krasznahorkai	*La mélancolie de la résistance*
6153.	Étienne de Montety	*La route du salut*
6154.	Christopher Moore	*Sacré Bleu*
6155.	Pierre Péju	*Enfance obscure*
6156.	Grégoire Polet	*Barcelona !*
6157.	Herman Raucher	*Un été 42*
6158.	Zeruya Shalev	*Ce qui reste de nos vies*
6159.	Collectif	*Les mots pour le dire. Jeux littéraires*
6160.	Théophile Gautier	*La Mille et Deuxième Nuit*
6161.	Roald Dahl	*À moi la vengeance S.A.R.L.*
6162.	Scholastique Mukasonga	*La vache du roi Musinga*
6163.	Mark Twain	*À quoi rêvent les garçons*
6164.	Anonyme	*Les Quinze Joies du mariage*
6165.	Elena Ferrante	*Les jours de mon abandon*

Composition Nord compo
Impression Novoprint
à Barcelone, le 03 mars 2017
Dépôt légal : mars 2017

ISBN 978-2-07-271433-7. / Imprimé en Espagne

312591